Ye

20440

ESSAI

SUR

LA DÉCLAMATION TRAGIQUE;

POËME.

NOUVELLE ÉDITION,

revûe, corrigée & augmentée.

Le sentiment ne va point au hazard.
GRES.

A LONDRES,

Chez NOURC, Libraire.

M. DCC. LXI.

AVANT-PROPOS.

CE Poëme parut il y a près de trois ans ; ce n'étoit qu'une légère esquisse du tableau que je soumets aujourd'hui aux regards du Public. Quelques gens de goût crurent y entrevoir le germe d'un ouvrage utile. Ce sont leurs suffrages qui m'ont engagé à le perfectionner, & à donner cette seconde édition.

Je sais combien le projet d'un Poëme didactique est téméraire ; surtout lorsqu'on a été précédé dans ce genre par l'immortel Despréaux. Mais si j'ose marcher fur fes pas, ce n'eſt point avec la confiance préfomptueuſe d'un Athléte qui qui veut lui diſputer la palme, c'eſt avec le defir timide de le ſuivre de loin, & de profiter des leçons que j'ai puiſées dans fes écrits.

Mon ſujet a déjà été traité par pluſieurs Ecrivains : le *Comédien* , par M. de Saint Albine ; *l'Art du Théâtre* , par M. Riccoboni, préſentent des vues nouvelles , & des réflexions folides. On peut auſſi conſulter dans *l'Encyclopédie* , l'article *Déclamation*. Mais fans vouloir diminuer le mérite de ces ouvrages, je crois que la Poëſie a plus de droit que la Proſe à tracer les leçons d'un art. Elle leur ôte cette sécheresse qui en détruit souvent l'utilité. Par exemple rendez en Prose ces endroits de l'Art Poëtique :

Gardez qu'une voïelle à courir trop hâtée
Ne soit d'une voïelle en son chemin heurtée.

La rime est une esclave, & ne doit qu'obéir.

. . . .

Mais lorsqu'on la néglige, elle devient rebelle,
Et, pour la r'attrapper, le sens court après elle ;

Quelques efforts que vous fassiez, vous ferez toujours traînant & aride ; au lieu que ces vers, pleins d'images & de justesse, arrachent à l'esprit un sourire involontaire, s'y gravent nécessairement, & y laissent des impressions durables.

A iij

Je me suis permis quelques épisodes ;
pris dans le sujet ; pour éviter la mono-
tonie didactique. Ce Poëme n'est point
fait pour ces pédants sauvages qui dans
le silence de leur cabinet, jugent tout
avec une froideur géométrique, & dont
la science sombre & austère ne se laisse
jamais dérider par les charmes riants de
l'imagination. Il est destiné à de jeunes
Personnes qu'il faut amuser, pour les instruire ; le ton Magistral les effarouche-
roit bientôt. Ce n'est que par les sen-
tiers du plaisir qu'on peut les mener à
la gloire. Tel a été mon objet. Heureux, si j'ai pû leur donner quelques lu-

mières fur un talent enchanteur que peu
d'entr'elles ont affez approfondi ! La Nature commence une Actrice ; c'eft l'étude
qui l'acheve. Avec le cœur le plus fenfi-
ble , l'organe le plus heureux , l'intelligence la plus prompte , il faut qu'elle faffe
encore des efforts incroyables , pour ex-
celler , pour faifir ces nuances impercep-
tibles , ces bienféances Théâtrales ; ces
myftères de l'Art qui échappent à un tra-
vail fuperficiel , & ne font que le fruit
tardif de la réflexion.

Les mêmes préceptes convenant aux
Acteurs & aux Actrices , on ne me faura
pas mauvais gré fans doute , d'avoir eu

A iv.

ces dernieres particulierement en vûe, & de ne m'être arrêté avec complaisance que sur les deux Acteurs qui se disputent aujourd'hui la palme Tragique.

Je dois aussi prévenir le Public que dans les portraits généraux qui se rencontrent dans ce Poëme, je n'ai prétendu désigner personne. Je déments d'avance toutes les interprétations de l'oisive malignité. Au reste comment pourroit-on appliquer ces portraits à de jeunes talents, qui se forment de jour en jour, & qui dès leur aurore ont donné les plus brillantes espérances. Mademoiselle Camouche & Mademoiselle Dubois embellissent déjà la Scene : il ne tient qu'à elles de l'illustrer.

Je citerai encore Mademoifelle Rofalie, jeune Actrice, qui n'a fait que paroître, & qui méritoit de fixer plus long-tems nos regards. Elle n'a d'autres défauts qu'un organe un peu fourd, & des traits trop peu décidés pour l'optique du Théâtre. D'ailleurs, elle eft pleine d'ame & d'intelligence. Son jeu eft original. Elle a réfléchi fur fon Art, & ne fe traîne point, à la faveur d'une imitation fervile, fur les pas de fes modèles.

Pour revenir à mon Ouvrage, on fera peut-être furpris que je n'aye point réuni les deux Déclamations. Il eft vrai que la Déclamation Comique fourniroit très-bien un fecond chant; mais avant que de

l'entreprendre , jai voulu fonder le goût
du Public, profiter de fes lumières , remar-
quer les défauts qu'il trouvera dans ce premier Effai , pour les éviter dans le fecond.
Je ferai beaucoup mieux , quand je ferai
encouragé par fon indulgence.

ESSAI

SUR

LA DÉCLAMATION TRAGIQUE.

POËME.

 Mon maître, ô mon guide, immortel Despréaux,
Répands sur cet Essai le feu de tes pinceaux ;
Ce mâle coloris, cette moisson d'images,
Et ces fleurs, dont le goût a semé tes ouvrages.
Dans l'art brillant des vers, toi seul fûs nous former:
Ma main trace aujourd'hui l'art de les déclamer.

Vous qui voulez enfin fortir de vos ténebres,
Et ceindre le laurier des Actrices célèbres,
Renfermez ce defir , gardez de vous hâter :
Connoiffez le Théâtre avant que d'y monter.
Il faut,il faut longtems,plus prudente & plus fage,
Faire encor de votre art l'obfcur apprentiffage ;
Et pour vous épargner un trifte repentir ,
Confulter la raifon , & penfer & fentir.

L'Etranger plus avide , en *fujets* plus fterile ,
Vous appelle peut-être & vous offre un afile.
Ah ! n'allez pas groffir , à la fleur de vos ans ,
Le fervile troupeau de ces bouffons errants ,
Qu'adopte par ennui la province idolâtre ,
Et qui de Cour en Cour promenent leur Théâtre.
Votre talent qu'enfin on fait apprécier,
A Paris eft un art , & là n'eft qu'un métier.

Paris feul vous promet de fuperbes conquêtes ,
Et pour vos jeunes fronts des palmes toujours
prêtes.

La Critique éclairée y veille à vos fuccès,

Et vous ouvre à la gloire un plus facile accès.

L'Actrice renommée y brille en Souveraine :

Ses droits font dans nos cœurs, fon trône eft fur la

      Scene ;

C'eft-là que le génie enfante un plus beau jour,

Et que le goût s'épure au flambeau de l'Amour.

   Il faut vous y fixer ; mais ma Mufe volage

Vous préfente trop tôt cette flatteufe image.

Reprenons, reprenons les févères pinceaux ;

Ce calme eft l'heureux fruit des pénibles travaux.

   Foulez aux pieds les fleurs de l'oifive molleffe ;

Cultivez votre organe, exercez-le fans ceffe :

Sondez le cœur humain, parcourez fes détours ;

De la langue Françaife étudiez les tours.

L'Actrice, dont l'orgüeil entretient l'ignorance,

Rampe, malgré tout l'or du Créfus qui l'encenfe.

Paroit-elle ? Auſſitôt elle s’entend ſiffler :
Avant de déclamer , on doit ſavoir parler.

Jugez-vous de ſang froid, & d’un regard ſévère
Obſervez de vos traits quel eſt le caractère.
On doit voir ſur vos frônts reſpirer tour à tour
L’ambition , la rage , & la haine & l’amour.

Voulez-vous ſur la Scene inſpirer la tendreſſe ?
Il faut que votre abord , que votre air intéreſſe,
Et puiſſe faire éclorre en nos cœurs agités
Le feu des paſſions que vous repréſentez.

Sans ces charmes touchants , que dans Gauſſin
j’admire ,
Pourrez-vous imiter les larmes de Zaïre ?
Ces ſoupirs enflammés , ces combats douloureux
D’un cœur que l’on arrache à l’eſpoir d’être heu-
reux ;

Lorfqu'elle tombe aux pieds. d'un pere qu'elle
 adore,

Et trahit fon Amant pour un Dieu qu'elle ignore ;

Ou quand l'affreufe nuit, mere de la terreur,

A fes cruels regrets vient mêler plus d'horreur ?

Ah ! Gauffin, dans ton jeu que de graces nouvelles?

Pour toi feule le tems veut oublier fes aîles.

Le Tems femble à nos yeux t'embellir chaque jour,

Et refpecte dans toi l'ouvrage de l'Amour.

Aux rôles furieux vous êtes-vous livrée ?

Qu'un œil étincelant peigne une ame égarée.

Ayez l'accent, le gefte & le port effrayant.

Que tout un peuple ému frémiffe en vous voyant ;

Démêle les projets dont votre ame eft remplie,

Et lorfque vous entrez, reconnoiffe Athalie,

Que fuit un Dieu vengeur, fes foudres à la main

Sans un front ténébreux, vous m'offrirez en
 vain,

Ce monftre, * qui du fang étouffe le murmure,
Et préfere le trône aux droits de la nature.

En vain vous prétendez m'offrir Sémiramis,
Bourreau de fon Epoux, Amante de fon Fils;
Qui dans un même cœur, vafte & profond abîme,
Raffemble la vertu, le remords & le crime.
La voyez-vous, foumife à l'afcendant du fort,
Franchir cette retraite, où triomphe la Mort,
Où l'ombre de Ninus, févere & menaçante,
Avec des cris plaintifs, à fes yeux fe préfente ?
Aux lugubres clartés d'un funébre flambeau,
Elle veut s'arracher de ce fatal Tombeau :
Le Spectre la pourfuit : fanglante elle fe traîne :
Dans ce vafte Palais fa terreur la ramene.
Elle ouvre un œil mourant, & renaît pour voler
Dans les bras de fon Fils qui vient de l'immoler.

* Cléopatre dans Rodogune.

Oui

Oui, pour graver ces traits dans le fond de
  notre ame,
A de fombres dehors joignez un cœur de flamme.
Le Public, occupé de ces grands intérêts,
Veut de l'illufion, & non pas des attraits.

Qu'on éloigne fur-tout des yeux de Melpoméne
Ces minois indécis, pagodes de la Scene ;
Etres inanimés, qui, toujours fe guindant,
Soupirent avec art, pleurent en minaudant.

  Telle eft, dans fon ivreffe, une Actrice arrogante,
Qui fans ceffe, devant une glace indulgente,
Concerte fes regards, fimétrife fes pas,
Applaudit à fon jeu, fourit à fes appas.
Cette froide Méthode eft pleine d'impofture.
Votre ame eft le miroir où fe peint la nature.
Dans une glace, où l'œil s'abufe à tout moment,
C'eft l'orgueil qui vous juge, & non le fentiment.

B

Vous y voyez des traits qu'a formés l'artifice,

Et de votre beauté le magique édifice.

Sous ces habits flottans, sous cet or radieux,

C'eſt Venus, c'eſt Pallas qui ſe montre à vos yeux.

Mais y remarquez-vous, aveugle & complaiſante,

Ces pénibles reſſorts d'une ame languiſſante ;

Vos geſtes empruntés, ces yeux toujours muets,

Qui, répandant des pleurs, n'en arrachent jamais ?

Chacun de vos défauts obtient votre ſuffrage.

C'eſt ainſi que Narciſſe adoroit ſon image.

Conſultez votre cœur : c'eſt-là qu'il faut chercher

Le ſecret de nous plaire, & l'art de nous toucher.

Par une longue étude une fois enhardie,

Alors ſuivez l'attrait & l'eſſor du génie :

Le courage l'éleve, & la crainte l'abbat.

Du grand jour, ſans pâlir, enviſagez l'éclat.

Paroiſſez, armez-vous d'une noble aſſurance,
Et de cette fierté, que permet la décence.
Que jamais vos regards, diſtraits & careſſants,
Ne ſemblent mendier les applaudiſſements.
Le Public dédaigneux hait ce vain artifice.
Il ſiffle la Coquette, applaudit à l'Actrice.

Qu'en entrant votre marche en impoſe à nos yeux,
Et nous offre un maintien, un port majeſtueux.
Au gré des mouvements, dont l'ame eſt agitée,
Qu'elle ſoit à propos lente ou précipitée.

Que le geſte facile, & ſans art déployé,
Avec le ſens des Vers ſoit toujours marié.
Songez à réprimer ſon emphaſe indiſcrette :
Qu'il ſoit des paſſions l'éloquent interprète.
Je hais ces bras qu'on voit, démentant vos tranſ-
　　, ports,
S'agiter, s'élever, retomber par reſſorts.

B ij

Des paſſages divers diſtinguez les nuances,
Ponctuez les repos , obſervez les ſilences.

    Le Jeu muet encor veut une étude à part :
Il eſt & le triomphe & le comble de l'Art.
C'eſt-là que le talent paroît ſans artifice ,
Et que toute la gloire appartient à l'Actrice.
Il faut , pour le ſaiſir , ſavoir l'ouvrage entier ,
En ſuivre les reſſorts , & les étudier :
Réunir d'un coup d'œil tous les traits qu'il raſſemble,
Et ces effets cachés, qui naiſſent de l'enſemble.
Tel, dans tout ce qu'il trace , un peintre ingénieux
Doit chercher des couleurs l'accord harmonieux.

    Laiſſez donc *la routine* aux Actrices frivoles.
Apprenez à creuſer , à raiſonner vos Rôles.
Que l'étude pourtant ſe faſſe peu ſentir.
A force d'art craignez de vous appeſantir.
Loin du Jeu Théâtral la triſte ſimétrie ,
Et le Compas glacé de la Géométrie.

Des paſſions toujours ſuivez le mouvement,

Trop de raiſon nous choque, & nuit au ſentiment.

Il eſt d'heureux écarts, & des élans ſublimes,

Qu'il ne faut point ſoumettre à de froides maximes.

Que tous vos ſens alors ſoient ſaiſis, tranſportés.

Melpomène vous voit, vous entend : éclatez,

Et dans le même inſtant, *par un effet contraire,*

Sachez pâlir d'horreur, & rougir de colére.

Oubliez, imitant le plus célébre Acteur, *

Votre Rôle, votre Art, vous & le Spectateur.

---

* Baron, après ſa retraite, qui fut de plus de vingt années, remonta ſur la Scene. Elle étoit alors en proie à des Déclamateurs bourſoufflés qui mugiſſoient des Vers, au lieu de les réciter. Il débuta par le rôle de *Cinna.* Son entrée ſur le Théâtre, noble, ſimple & majeſtueuſe, ne fut point goûtée par un Public, accoutumé à la fougue des Acteurs du tems. Mais, lorſque dans le Tableau de la conjuration, il vint à ces beaux Vers :

> Vous euſſiez vû leurs yeux s'enflammer de fureur,
> Et dans le même inſtant, par un effet contraire,
> Leurs fronts pâlir d'horreur, & rougir de colere.

On le vit pâlir & rougir ſucceſſivement. Ce paſſage ſi rapide fut ſenti par tous les Spectateurs. La cabale frémit, & ſe tût. Baron acheva ſon Rôle avec le même feu, la même vérité, & réunit enfin tous les ſuffrages.   B ij

Tel quelquefois le Kain, dans sa fougue sublime,
Sait arracher la palme & ravir notre estime.
C'est Oreste sanglant, entouré de tombeaux,
Que les Filles du Styx arment de leurs flambeaux.
C'est ce farouche Epoux,*qu'un feu jaloux dévore,
Qui plonge dans les flots l'Epouse qu'il adore ;
C'est Mahomet enfin, qui, bravant les revers,
Veut par le fanatisme asservir l'Univers.

Dès que Phédre mourante a laissé voir sa flamme,
En vain l'honneur blessé murmure dans son ame :
Elle doit n'écouter que la voix de son cœur ,
Et de tout son amour accabler son Vainqueur.
Ainsi la foudre éclate, en brisant le nuage ,
Tombe, & de ses débris enflamme le rivage.

Soyez impétueuse & vive en vos récits :
Les Spectateurs soudain veulent être éclaircis.

___

* Rhadamiste.

Là, qu'un art déplacé jamais ne nous étale

Le traînant appareil d'une lente finale,

Et par un jeu tardif ne fasse point languir

Du Parterre incertain l'impatient desir.

D'un combat engagé dans une nuit obscure

Venez-vous raconter l'effrayante aventure ?

Que votre jeu rapide & vos sons éclatans

Me retracent les cris, le choc des Combattans :

Que sur-tout la mémoire, en ces moments fidéle,

Lorsque vous commandez, ne soit jamais rebelle ;

Et ne vous force point, glaçant votre chaleur,

D'aller, à son défaut, consulter le Souffleur.

Ce soin inquiétant nous déplaît & nous gêne.

Seule, sachez remplir le vuide de la Scene.

D'inflexibles Argus, de Censeurs rigoureux,

Songez que vos défauts y vont frapper les yeux :

Mais, dégagée enfin d'une foule innombrable,

A tous vos mouvemens elle est plus favorable.

B iv

Le Public n'y voit plus, borné dans ses regards,
Nos Marquis y briller sur de triples remparts:
Ils cessent d'embellir la Cour de Pharasmane;
Zaïre, sans témoins, entretient Orosmane.
On n'y voit plus l'ennui de nos jeunes Seigneurs
Nonchalamment sourire à l'Héroïne en pleurs.
On ne les entend plus, du fond de la coulisse,
Par leur caquet bruyant interrompre l'Actrice,
Appeller, en entrant, &, sans respect du nom,
Apostropher César, ou tutoyer Néron.

Si le succès enfin remplit votre espérance,
Du Spectateur peut-être imitant l'indulgence,
On vous verra bien-tôt, sans craindre les retours,
Retomber mollement dans le sein des Amours.)
De l'Art de déclamer connoissez l'étendue,
Telle l'ignore encor, qui s'y croit parvenue;
Le premier feu produit ces succès éclatants:
Mais la perfection est l'ouvrage du temps.

L'amour propre fouvent , juge trop infidéle ,
Du talent orgueilleux étouffe l'étincelle.

Il eft un lieu charmant, lieu toujours fréquenté,*
Qu'habitent l'Opulence , & la Frivolité.
Là , dans les jours brillants, l'habitude raffemble
Tous les états , furpris de fe trouver enfemble.
Un Plumet étourdi , de lui-même content ,
Se montre, difparoît , revient au même inftant.
Infectant fes voifins de l'ambre qu'il exhale ,
Le grave Magiftrat fe rengorge & s'étale ;
Et l'épais Financier , fougueux dans fes defirs,
Va toujours marchandant & payant fes plaifirs.

De ces lieux enchanteurs redoutez le preftige.
Bien-tôt votre talent y tiendra du prodige.
N'entends-je point déjà de nos illuftres Fous
L'effain tumultueux frémir autour de vous ?

* Les Foyers.

S'écrier en chorus, *elle est, ma foi, divine,*

Et du Théâtre enfin vous nommer l'Héroïne.

Craignez leurs vains éclats : ils sont intéressés.

La vérité n'a point ces transports empressés.

Faites-vous, imitant nos célèbres Actrices,

Admirer sur la Scene, & non dans les coulisses.

Exercez votre goût : don tardif & brillant ;

Le goût, que l'on néglige, est le fard du talent.

Comme une tendre fleur, il languit sans culture,

S'augmente par l'étude, & vit par la lecture.

Par un mensonge heureux voulez - vous nous
    ravir ?

Au sévère Costume * il faut vous asservir.

---

* Personne n'a plus perfectionné que Mlle. Clairon, cet
accessoire si essentiel pour la vérité du spectacle. Avant
elle, il étoit absolument négligé sur notre Théâtre. Nulle
bienséance observée : nul *decorum* dans les habits. C'étoit un
cahos qu'il falloit débrouiller. Elle y a bien réussi. Elle joint

Sans lui d'illuſſion la Scene dépourvûe

Nous laiſſe des regrets, & bleſſe notre vûe.

Je me ris d'une Actrice indigne de ſon Art,

Qui rejette ce joug, & s'habille au hazard;

Dont l'ignorance altière oſeroit ſur la Scene

Dans un cercle enchaîner la dignité Romaine, *

Et qui, n'offrant aux yeux qu'un faſte accoutumé,

Conſulteroit *Meri* ** , pour *draper Idamé.*

à la ſupériorité du talent une connoiſſance profonde du *Coſtume.* Lorſqu'elle entre ſur la Scene, on croit toujours voir le Perſonnage qu'elle repréſente. L'illuſion eſt complette. Je l'invite à faire encore de nouvelles recherches, & à enrichir notre Scene de ſes découvertes. La grande Actrice eſt celle qui, excellant déjà dans ſon Art, s'applique toujours à en étendre les limites, & n'entrevoit la perfection que dans un terme éloigné.

* Ce fut une Actrice de l'Opera, qui la premiere oſa paroître ſans panier ſur la Scene Lyrique. Son exemple a été ſuivi par Mlle. Clairon, qui eut bien-tôt accrédité ce changement.

** Marchande de Modes, à côté de la Comédie Françoiſe. Elle fournit pluſieurs Actrices.

N'affectez pas non plus une vaine parure.

Obéissez au Rôle , & suivez la Nature.

Nous offrez-vous Électre & ses longues dou-
    leurs ?

Songez qu'elle est esclave , & qu'elle est dans les
    pleurs.

D'ornements étrangers , trop inutiles charmes ,

Ne chargez point un front obscurci par les larmes.

Le Public, dont sur vous tous les yeux sont ouverts,

Dédaigne vos rubis , & ne voit que vos fers.

Parcourez donc l'Histoire : elle va vous instruire;

Cent Peuples à vos yeux viendront s'y reproduire;

Examinez leurs goûts , leurs penchants, leurs hu-
    meurs :

Quels sont leurs vêtemens , & leurs Arts & leurs
    mœurs.

La Fable ingénieuse , en leçons si fertile,

Vous ouvre ses trésors , & peut vous être utile.

C'eſt-là que la raiſon eſt ſoumiſe aux pinceaux,
Et reparoît toujours ſous des aſpects nouveaux.

Ici, vous croyez voir la Reine de Carthage ;
Son front eſt entouré d'un funébre nuage.
Luttant contre la mort, qu'elle porte en ſon ſein,
Trois fois elle ſe leve & retombe ſoudain.
Ses regards expirants, où l'amour brille encore,
Semblent redemander le Héros qu'elle adore.
Elle pleure, ſoupire, & dans ſon déſeſpoir,
Elle cherche le jour, & gémit de le voir.

Plus loin, c'eſt Niobé, cette femme orgueilleuſe,
Cette Mère ſuperbe, & bien plus malheureuſe.
Quel ſpectacle ! Elle s'offre à mes ſens déſolés
Au milieu de ſes Fils l'un ſur l'autre immolés.
A force de ſouffrir, elle paroît tranquille.
Son front eſt abbattu, ſon regard immobile ;

Elle reste sans voix, l'excès de ses douleurs

A tari dans ses yeux la source de ses pleurs.

Ce silence dit plus qu'un stérile murmure ;

Il est en ce moment le cri de la Nature.

Qu'elle seule, toujours dirigeant votre feu,

Comme dans ces tableaux, brille dans votre Jeu.

N'allez pas, lorsqu'il faut nous arracher des larmes,

Avec faste étaler vos pompeuses allarmes :

Par un rithme importun corrompre nos plaisirs ;

Cadencer vos transports, & noter vos soupirs ;

Ni, vous abandonnant à cette emphase vaine,

Faire tonner l'Amour, ou mugir Melpomène.

Le sentiment se tait, & sait bien s'exprimer ;

L'Actrice doit le peindre, & non le déclamer.

Voulez-vous qu'une Reine, en proie à tous les crimes ;

Que le remords poursuit, qu'entourent les abîmes,

Et qui voit fous fes pas s'entrouvrir les Enfers,

Obferve, en expirant, la cadence d'un vers ?

Voulez-vous qu'une Amante, outragée, éperduë,

Dans l'ombre de la nuit, tremblante, confonduë,

Médite, en éclatant, un ténébreux deffein,

Et fe plonge avec art un poignard dans le fein ?

Il eft, il eft encore un Acteur fur la Scene,

Formé par la Nature, aimé de Melpomène.

Son front majeftueux me peint, m'annonce un Roi;

C'eft Alphonfe, Alvarès, Augufte que je voi.

Que je l'aime fur-tout, lorfque du vieil Horace

Il fent revivre en lui la généreufe audace,

Et lorfque, tout Romain à nos yeux attendris,

Il baigne de fes pleurs les lauriers de fon Fils *.

---

* A ces traits tout le monde doit reconnoître M. Brizard, cet Acteur fi naturel, fi pathétique, digne enfin de fuccéder à M. Sarrafin, dont le nom feul porte dans l'ame un attendriffement involontaire, & dont les talents feront regrettés tant qu'il y aura des cœurs fenfibles.

Muſe, ſoutiens mon vol, ranime mon courage,

Et de ma jeune Elève obtiens-moi le ſuffrage.

La variété ſeule a droit de la charmer,

Et c'eſt en l'amuſant que je veux la former.

Il eſt d'autres ſecrets, & des routes nouvelles :

Ainſi que ſes leçons, chaque Art a ſes modèles.

Déjà la Parque avide, au milieu de leur cours,

Charmante le Couvreur, avoit tranché tes jours.

Un poignard ſur le ſein, la pâle Tragédie

Dans le même tombeau ſe crut enſevelie,

Et s'étonnoit de voir, ſans culte & ſans autels,

Se faner ſur ſon front les Cyprès immortels.

Une Actrice parût : Melpomène troublée,

A ſon ſanglant aſpect, ceſſa d'être voilée.

Dumeſnil eſt ſon nom : la pitié, la terreur

Répandent ſur ſes pas l'épouvante & l'horreur :

Les

Les Tyrans, à fa voix, tombent réduits en poudre ;

Son gefte eft un éclair, fes yeux lancent la foudre.

Quelle autre l'accompagne & femble l'effacer ?

Dieux ! Quel charme ont les pleurs qu'elle nous
    fait verfer ?

Victime de l'Amour, c'eft Didon elle-même,

Qui meurt en pardonnant au parjure qu'elle aime.

Quel gefte ! Quel maintien ! Quelle noble fierté !

Tout, jufqu'à l'art, chez elle a de la vérité.

Chaque mot qu'elle dit émeut, enflamme, touche,

Devient un fentiment, en paffant par fa bouche.

O fublime Clairon ! quand tu parois, je voi

L'ombre du Grand Corneille errer autour de toi.

Vous devez avec foin confulter l'une & l'autre,

Et puifer dans leur Jeu des leçons pour le vôtre :

Mais votre premier maître eft furtout votre cœur :

Soyez toujours vous-même aux yeux du Spectateur.

Le defir d'imiter vous cache un précipice ;

C

Gardez de vous traîner fur les pas d'une Actrice,

De copier fans goût fes geftes, fes accents.

De fon rôle il ne faut qu'approfondir le fens,

Prendre le même effor, fe remplir de fa flamme,

Puifer, & s'il fe peut, s'approprier fon ame.

Sans l'afſervir jamais, créez votre talent.

Libre, il perce la nuë : il rampe en imitant.

Des reſſources de l'art lorfqu'enfin plus certaine,

Vous aurez obtenu le fceptre de la Scene ;

Quand du parterre altier, enchainé fous vos loix,

Vous aurez fû fixer le fuffrage & le choix,

Ofez alors, ofez, fans craindre de déplaire,

Porter encor plus haut votre vol téméraire.

A votre jeu fans ceffe ajoutez quelques traits :

Hazardez ; le fublime a fouvent fes excès.

Par fa fimplicité tantôt il nous étonne :

Tantôt, armé déclairs, c'eſt Jupiter qui tonne.

Saisissez, offrez-nous ces contrastes heureux :

Là prodiguez des fleurs, ici lancez des feux,

Et dans le même Rôle, au gré de notre attente,

Soyez toujours parfaite, & toujours différente.

La Nature long-tems se plait à se cacher.

Elle a mille secrets, qu'il lui faut arracher.

Pour le Vulgaire aveugle épuisée & stérile,

Aux regards du génie elle est toujours fertile.

C'est ce fleuve fameux, qui par d'obscurs canaux

Va porter aux moissons le tribut de ses eaux ;

C'est ce marbre grossier, c'est ce bloc insensible

Que le ciseau façonne, & que l'art rend flexible.

Mais je vous ai tracé d'inutiles leçons,

Et ma Muse soudain renferme ses crayons,

Si je ne vous inspire un orgueil légitime,

Cet orgueil créateur, ce feu qui nous anime,

Ne craignez plus l'affront d'un préjugé honteux

Le François plus inftruit, enfin ouvre les yeux.

S'il outragea votre art, il en rougit encore.

Pourroit-il avilir des talents qu'il adore ?

Je fais qu'un Sage illuftre, un mortel renommé,

Qui hait tous les humains, lorfqu'il en eft aimé,

Du fond de fa retraite, où l'Univers l'offenfe,

A fait tonner fur vous fa farouche éloquence :

Je fais que fon ennui, dans fes triftes loifirs,

Voulut empoifonner nos plus nobles plaifirs :

Je n'ofe le combattre, & ma Mufe incertaine

Refpecte, en le blamant, ce nouveau Démofthène :

Cependant contre lui je veux vous raffurer.

Un Sage n'eft qu'un homme ; il a pû s'égarer.

Le monde s'offre à lui fous un afpect fauvage :

Ne peut-on s'en former une riante image ?

Des crédules humains Précepteurs rigoureux,

Pourquoi nous envier nos preftiges heureux ?

Ah ! Laiffez-nous du moins leur brillante impof-

ture :

L'ingénieuse erreur embellit la Nature ;

Et nous ôter nos arts, nos talents enchanteurs,

C'est ravir à la terre & ses fruits & ses fleurs.

Sachez donc repousser de frivoles atteintes ;

Déjà les vents légers ont emporté ses plaintes.

Tout sévère qu'il est, on peut le désarmer.

Pour lui répondre enfin, faites-vous estimer.

Souveraine au Théâtre, & Reine fantastique,

Ne conservez jamais ce faste despotique.

Sur la Scene laissez votre rang, vos ayeux,

Et ce vain appareil qui vous cache à nos yeux.

Ce n'est pas que je veuille, en sage atrabilaire,

Vous interdire l'art & le desir de plaire.

La flamme de l'amour peut dans un cœur brûlant

Allumer & nourrir la flamme du talent ;

Ce n'est point cet amour, qui fait frémir les graces,

Que le morne Plutus entraîne sur ses traces.

Ou qu'on voit , fecouant deux torches dans fes
          mains ,
Sourire au Dieu lafcif qui préfide aux jardins :

C'eft ce Dieu délicat qu'embellit la décence ,

Que l'aimable Myftere accompagne en filence ;

Qui , fans effaroucher le timide defir ,

Verfe en fecret des pleurs dans le fein du plaifir.

Chaque état a fes mœurs : vous refpectant vous-
          même ,
Adoptez de Ninon l'ingénieux fyftême.

Que l'Amant , enivré de vos frêles appas ,

Vous trouve plus charmante, en fortant de vos bras ;

Que la réflexion , qui fuit toujours l'ivreffe ,

En la juftifiant , augmente fa tendreffe ,

Et qu'enfin l'amitié , nous fixant à fon tour ,

Vous rende tous les cœurs que vous ravit l'Amour.

Voilà par quels moyens & quelle heureufe adreffe,

Hors du Théâtre même , une Actrice intéreffé ,

Sur sa trace brillante enchaine tous les cœurs,

Dompte la calomnie & l'hydre des Censeurs.

C'est ainsi que son nom, consacré par l'Histoire,

Parvient à l'avenir sur l'aile de la Gloire,

Vole de bouche en bouche, & triomphe du temps

Que désarme l'éclat des sublimes talents.

   Dans une région à nos yeux inconnue,

Construit sur le sommet d'une éclatante nuë,

S'éleve jusqu'aux cieux un superbe Palais.

Le Génie en défend le redoutable accès

A ces esprits glacés, ces Sophistes, ces Sages

Qui de leur siécle en vain reclament les hommages,

Là, sans voile & sans fard, paroit la Vérité.

Ce temple est le séjour de l'Immortalité.

Le triste préjugé, que le Vulgaire encense,

Démasqué, confondu, frémit en sa présence;

Et la palme des Arts, à ses regards altiers,

S'unit avec orgueil aux palmes des guerriers.

Auguste dans ces lieux est l'égal de Virgile.

Homere y fait charmer l'impetueux Achille.

Deshouliere & Sapho, le front orné de fleurs,

Entremêlent le mirthe aux lauriers des vainqueurs.

Ovide écrit panché fur le fein de Corine :

Champmélé pleure encor dans les bras de Racine,

Et le Couvreur, l'œil fombre & les cheveux épars,

De Corneille atttentif arrête les regards.

O vous, que Melpomene applaudit & couronne,

Près de nos grands Auteurs, on vous y dresse un
trône.

Terrible Dumesnil, au nom de Crébillon,

Avec des traits de fang, la Gloire y joint ton nom.

Toi, divine Clairon, ô toi que rien n'efface,

A côté de Voltaire, elle a marqué ta place.

Dans ce féjour déjà tous tes honneurs font prêts :

Mais hélas ! puisses-tu n'y parvenir jamais !

Combien de pleurs fuivroient cette gloire cruelle !

L'Univers perdroit trop à te voir immortelle.

www.ingramcontent.com/pod-product-compliance
Lightning Source LLC
Chambersburg PA
CBHW060838180626
46818CB00004B/1495